GW01465880

CINQUANTE ANS
PASSÉS

DU MÊME AUTEUR

SAMEDI, DIMANCHE ET FÊTES, Seuil, 1972 (prix Fénéon) ;
« Points », n° 1534.

LES PETITS VERLAINE, Seuil, 1973 ; « Points », n° 1534.

LA PARTIE BELLE, Seuil, 1974 ; « Points », n° 1535.

BAUDELAIRE ET LES VOLEURS, Julliard, 1974.

LA COMÉDIE LÉGÈRE, Seuil, 1975 ; « Points », n° 1535.

LE SOMMEIL AGITÉ, Seuil, 1977 ; « Points Roman », n° 180.

LES ENFANTS DE FORTUNE, Seuil, 1978 ; « Points », n° 951.

AFFAIRES ÉTRANGÈRES, Seuil, 1979 ; réédition Grasset, 1996 ; Le
Livre de Poche, n° 14901 (prix Renaudot).

LES BÊTES CURIEUSES, Balland, 1980 ; réédition 2003.

L'AMI DE VINCENT, Seuil, 1982 ; « Points », n° 1144.

PORTRAIT CRACHÉ, Seuil, 1983.

MÉCHANT, Seuil, 1985 ; réédition Grasset, 1996 ; Le Livre de
Poche, n° 14756.

MON PÈRE AMÉRICAIN, Seuil, 1988 ; réédition Grasset, 1996 ; Le
Livre de Poche, n° 14444.

L'ANGOISSE DU TIGRE, Seuil, 1990 ; « Points Roman », n° 499.

MONSIEUR PINOCCHIO, Julliard, 1991 ; « Points », n° 758.

LES SEINS DE BLANCHE-NEIGE, Grasset, 1994 ; Le Livre de Poche,
n° 13917.

AFFAIRES PERSONNELLES, Grasset, 1996 ; Le Livre de Poche,
n° 14160.

UNE PETITE FEMME, Grasset, 1998 ; Le Livre de Poche, n° 14856
(prix Maurice Genevoix).

UN DÉBUT D'EXPLICATION, Seuil, 2000 ; « Points », n° 869.

TOILETTE DE CHAT, Seuil, 2003 ; « Points », n° 1165.

JE TE LAISSE, Seuil, 2004.

JEAN-MARC ROBERTS

CINQUANTE ANS PASSÉS

roman

BERNARD GRASSET
PARIS

ISBN (10) 2-246-71101-0
ISBN 978-2-246-71101-8

Tous droits de traduction, de reproduction et d'adaptation
réservés pour tous pays.

© *Éditions Grasset & Fasquelle, 2006.*

« Hello darkness my old friend
I've come to talk with you again »

PAUL SIMON

On a revu Richard Hermann. Trente ans ou presque sans un signe de vie.

Jean-Louis s'est garé en face de chez moi, devant le salon de coiffure Jean-Claude Biguine. C'est une chaîne, il existe en France des centaines, peut-être un millier de salons qui portent ce nom.

Ils vous coiffent vite, pas cher et sans rendez-vous.

Personne ne connaît Jean-Claude Biguine. Est-il seulement coiffeur? Si oui, exerce-t-il encore une activité? Dans quelle ville? Quel quartier? Il devrait m'appeler afin de me rassurer sur son sort, je suis très facile à joindre. Et jamais en retard.

En sortant de mon immeuble, je distingue la Mercedes à l'arrêt, tous feux éteints, moteur coupé. Richard est assis à l'avant, à côté de Jean-Louis, il est obligé de s'extraire de la voiture pour me laisser m'installer. A l'arrière, j'y tiens.

Depuis que ses enfants ont grandi, Jean-Louis a opté pour un modèle deux portes.

On s'embrasse. Richard pique un peu. Il a conservé sa tête de bébé étonné, ses lunettes d'écaille, ses cheveux très frisés ont blanchi sur les tempes. Son corps, devenu lourd, semble avoir été gonflé à l'hélium comme si Richard avait été le complice puis la victime d'un trucage de cinéma qui aurait mal tourné. Il me fait penser à Eddie Murphy dans un navet américain récent où l'acteur grossissait à chaque bobine. A Michael Moore aussi, sans la barbe, mais les traits du visage de Richard sont restés fins. Ils ne révèlent aucune ride, aucun tourment apparent.

Sanglé dans son imper blanc, il balance d'une main à l'autre un sac Fnac dont il ne veut manifestement pas se séparer.

C'est son cadeau pour Gavotti. « Je lui ai pris tout James Brown », m'annonce-t-il d'un air entendu, comme si nous l'avions décidé d'un commun accord.

Moi du vin, un magnum de Pessac, cadeau de Noël d'un fournisseur. Je suis gérant de société maintenant, Jean-Louis toujours notaire, Richard n'est plus chanteur.

Jean-Louis, lui, n'apporte rien. Cela ne l'empêche pas de s'impatienter, la route est longue. Il me demande si je n'ai pas oublié de prévenir le fils de Gavotti. Me rappelle qu'au départ, j'étais le seul invité à la soirée. C'est moi qui ai choisi d'emmener les autres aux cinquante ans de Gavotti. Nous ne sommes pas nombreux. Que trois. Richard, Jean-Louis et moi.

A l'époque, Gavotti a dû rêver qu'il serait le quatrième et ça n'a pas collé. Gavotti a quitté Carnot après la seconde. Lui, ça fait plus de trente-cinq ans qu'on ne l'a pas revu. Il ne nous a pas manqué. Juste un ancien du lycée.

Son fils Martin, à la fois aimable et tendu au téléphone, m'a certifié que la présence de Richard et Jean-Louis ne poserait aucun problème : « Surtout si papa se souvient d'eux... », a-t-il dit sur le ton de la plaisanterie. Il m'a recommandé de ne pas appeler le pavillon, de bien mesurer l'effet surprise de l'anniversaire. « Par contre, je vous conseille de noter mon portable, a-t-il insisté. N'hésitez pas à me joindre. Dès que vous entrerez dans Enghien, vous serez paumés de toute façon... »

Martin, enfin, a renchéri sur l'horaire : « Tâchez de ne pas débarquer trop tôt, vous êtes le clou de la soirée, non ? Papa va forcément avoir un choc. »

Un choc. Jean-Louis m'avait déjà dit ça à propos de Richard. C'est lui qui l'a retrouvé, il y a à peine un mois, dans la rue du parking de son étude. Richard habite la butte Chaillot, aujourd'hui, à six numéros du garage de jour de la Mercedes. Seul.

Il n'y a pas eu de choc. Je m'y étais suffisamment préparé pour ne pas être surpris.

J'éprouve l'agréable sensation d'être avec Richard en terrain familier. Les rires incongrus et saccadés qui ponctuent la plupart de ses répliques, son aspect très médicamenté, me touchent, m'atteignent sans me gêner.

Quand je le regarde attentivement, j'estime que hormis le volume, il n'a guère changé.

Pendant toutes ces années, j'ai toujours réussi à savoir où Richard en était. Jamais perdu sa trace, à défaut de me manifester.

Je n'ignore rien de ce qui lui est arrivé : un divorce, un enfant, quelques séjours en HP.

Il a enterré Maya, sa mère roumaine, mais son père Charlie vit encore, à la retraite du magasin de chaussures dont il assurait la gérance comme moi désormais celle d'une maison d'édition.

C'était Bally ou Dressoir, une marque populaire, le magasin était situé en banlieue proche, à Bois-Colombes ou Levallois-Perret. Une chaîne aussi.

Malcom, son frère cadet, s'est marié plus tard que nous, je serais incapable de désigner le nombre exact de ses enfants, entre deux et trois, dans la moyenne nationale.

Chez Malcom, pas de divorce. Malcom est tellement sérieux.

Depuis l'enfance, en référence au film de Gérard Oury avec David Niven, nous le surnommons « le cerveau », *the brain*.

C'est Malcom qui, par ses seules prouesses, a constamment fait vivre la famille Hermann à grand train. Il a dû commencer à travailler à l'âge de treize ans, parallèlement à ses études.

Création de société à quinze. Dès le printemps 75, le frère de Richard emploie cinq personnes à plein temps. Les vacances scolaires rallongent, les jeunes Français prennent goût aux voyages. A chaque congé, la société de Malcom envoie un bon millier de lycéens à travers l'Europe, tous de confession juive – c'est la condition pour adhérer à l'organisme –, tous mineurs et dans la mixité.

On vante aujourd'hui les mérites des séjours linguistiques de l'Agence Malcom dans le monde entier.

« Heureusement qu'il est là, s'exclame Richard. Je suis bien entretenu. » Et il pousse son rire comme mon petit garçon de deux ans pousserait un cri ravi.

Quand ce n'est pas un rire, c'est musical, le son d'un saxo, d'une basse. Ou encore le refrain d'une chanson, toujours en anglais, *Come together*, *In a white room* des Cream, *Sex Machine* pour illustrer James Brown. Il imite Gavotti qui se levait à la fin des cours, se dandinait sur sa chaise et nous lançait : « *I want you to suck me babe, suck me, suck me...* »

Les nouvelles de Richard me parviennent régulièrement sans que j'aie à produire d'effort.

J'ai eu de la chance : depuis leur séparation, son ex-femme habite, par le seul fruit du hasard, juste au-dessus de chez ma mère Peggy, dans l'immeuble où j'ai grandi.

C'est le même appartement aux pièces nombreuses mais petites, le même agencement, la même vue sans vis-à-vis. En se penchant des balcons, on aperçoit au loin le cimetière des autobus de la porte Champerret.

Je parie qu'Élodie, la fille unique de

Richard, s'est laissé attribuer la chambre sur cour attenante à la salle d'eau. Au-dessous, jadis, c'était la mienne.

Élodie a vingt ans, j'aurais pu la croiser dans l'immeuble mais je n'y retourne pas assez, ma mère s'en plaint souvent.

Alors, pour compenser, j'imagine, elle invite Élodie à dîner deux fois par an. Elle lui parle de moi et de son père, de notre amitié qui paraissait indestructible. Évite de mentionner Jean-Louis que, soudain, elle aime moins. D'après Peggy, c'est Jean-Louis qui a tout gâché.

Élodie comme Nicole, sa mère, doivent accueillir avec réserve et prudence les sautes d'humeur de Peggy. Au repas suivant, elle fusillera Richard d'une phrase : « Va te débrouiller dans la vie avec un père pareil ! » Me réclamera le lendemain des nouvelles détaillées du merveilleux Jean-Louis qu'elle ne voit plus beaucoup : « Vous n'êtes pas fâchés ? »

J'effectue moi-même un tri dans les informations concernant Richard dont ma mère m'abreuve, j'en diminue la gravité.

« Et puis, ne t'inquiète pas, mamour, me dit-elle. Je mourrai avant lui. » Ça ressemble autant à une promesse qu'à un défi.

Nicole Hermann possède dans son répertoire mes différents numéros de téléphone comme je conserve le sien. C'est elle qui est chargée de m'alerter en cas d'accident, de malheur, petit ou gros, à l'étage inférieur.

Nicole n'a pas encore appelé. Ni Richard.

« Moi, je ne vous aurais jamais appelé, nous avoue-t-il. Suis devenu un poids lourd, un boulet. Vous avez vos femmes, vos enfants, votre travail... Et voilà, il aura fallu que ce sacré Gavotti fête ses cinquante ans... »

Il ne parle pas si vite, sa pensée est moins fluide.

Je découvre qu'il est difficile de rétablir la manière confuse dont il s'exprime. Il ne cherche pas ses mots mais, au contraire, semble apprivoiser en notre présence un nouveau vocabulaire.

« Vous êtes mes deux balles gratuites », s'amuse-t-il. Sait-il seulement ce que cela signifie ?

Le film doit commencer comme ça, sur le périphérique. Un samedi soir dans les embouteillages, direction Enghien-les-Bains par l'autoroute du Nord. Tandis que défile le générique, les trois chantent à tue-tête dans la Mercedes un succès du répertoire : « Tu crois que ça ferait un bon film ? » m'interrompt Jean-Louis, moins rêveur. Il demeure le plus élégant de nous trois, le seul réaliste à avoir passé son permis et une vie sans gémir.

Peut-être pas un bon, non, mais quelle importance ? Ce serait *notre* film.

A moi d'attaquer le premier couplet, Jean-Louis va enchaîner et Richard, obligé, finit par nous rejoindre :

UN LONG FRISSON PARCOURAIT TON ÉCHINE
MAIS TU NE FAIBLISSAIS PAS
TU ATTENDAIS DU CIEL QU'IL T'ENVOIE UN
SIGNE
ET LE CIEL SE MOQUAIT DE TOI

Cinquante ans passés

La chanson s'appelait *L'Aviateur*. Richard l'a écrite l'année de ses quinze ans parmi deux cents autres : *Monsieur Rockefeller, C'était fermé, Daubigny Street, Molitor, Vingt-quatre heures nous séparent...*

Maya, sa mère roumaine, prétendait que Richard aurait dû enregistrer son premier disque avant le lycée, vers douze ans.

Elle avait essayé de contacter les maisons de disques, Lucien Morisse, les frères Cabas. Avait fini par obtenir un rendez-vous chez Philips mais sans convaincre personne. Richard était trop petit.

Nous sommes en 1966. La France a connu le phénomène Minou Drouet, la folie Joselito, l'enfant à la voix d'or. Il n'y a pas eu de folie Hermann. En plus, ça ressemblait terriblement à Polnareff qui venait de débuter, un Polnareff miniature et trop sage. Ça ne marcherait jamais, ça n'a jamais marché.

Quatre singles de vinyle sont sortis malgré tout, beaucoup plus tard de 1973 à 1975, c'étaient déjà des deux titres.

En 1973, Richard a dix-neuf ans. En

1975, nous nous éloignons de lui. Les deux premiers disques sont pressés sous le label Vogue, les deux suivants chez Barclay. Il n'aura pas eu le temps ni l'occasion d'enregistrer les bonnes chansons. Ses meilleures, les directeurs artistiques de l'époque les ont toutes refusées.

Police-Secours est un peu passée à la radio, sur RTL, *La Mauvaise Pente* aussi dont j'avais signé les paroles. *Donne ton corps à ma science* a été CHERIK de la semaine sur Europe 1. Une semaine.

Mon envie de chanter, le rêve d'être chanteur viennent de là, bien sûr, de Richard. Mais je ne connaissais pas la musique, je n'avais aucune voix propre. Richard occupait toute la place et je l'admirais.

Jean-Louis pourrait tracer la route d'Enghien les yeux fermés. Au casino, certains physionomistes nous appellent par nos prénoms, lui et moi. On ne s'est jamais perdus à Enghien, c'est l'une de nos innombrables adresses de joueurs. Chemin de fer et baccara les premières années, et depuis l'ouverture de la roulette en 81, roulette.

Comme aux cartes, Jean-Louis lit dans mes yeux, il sourit au rétroviseur et me rattrape : « On ne s'est jamais perdus mais on n'a pas souvent gagné. Tu te souviens de l'Égyptien ? Petit coucou, grand coucou... »

Un vrai flambeur. Nous l'avions pris pour Moubarak. Il tutoyait le personnel, les croupiers, le chef de table. Ne jouait qu'au chemin de fer et se donnait en spectacle. Il était bruyant, grossier, mal élevé : « Petit coucou », s'écriait-il s'il avait huit dans sa main, « grand coucou » s'il avait neuf.

Richard ne nous écoute pas. Le récit de nos fortunes diverses n'a pas l'air de le passionner. Son visage s'est obscurci, on l'ennuie, on l'irrite. Poli, il s'en défend, nous jure l'inverse et nous demande très sérieusement combien de temps nous avons prévu de rester chez Gavotti. Combien de temps? Jean-Louis nous signale que nous n'y serons pas avant une heure, c'est samedi et donc chargé.

Je propose alors qu'on y passe une heure, le temps du trajet à effectuer. Richard a sans doute raison, mieux vaut anticiper, ça risque d'être mortel chez Gavotti. Une heure c'est bien.

Richard semble guetter l'approbation de notre conducteur. Comme elle n'arrive pas, il se retourne vers moi, à l'arrière, et, tout bas pour que Jean-Louis ne l'entende pas : « Vingt minutes et on se tire! » me fixe-t-il.

Son rire tonitruant, à nouveau, le trahit et moi le mien, plus féminin : « Pourquoi vous riez? » s'inquiète notre ami notaire. Ce n'est rien. Jean-Louis n'a pas toujours été là, admettons que ça ne le regarde pas.

J'ai connu Richard Hermann au début de la quatrième, au lycée donc, à Carnot. Il habitait juste derrière la cour du grand collège, rue Daubigny, la même rue sombre du XVIIe où Basile, mon plus jeune fils, consulte aujourd'hui près de quarante ans plus tard tous les mercredis.

Pourquoi Richard m'évoque-t-il tant Basile ? Les cheveux très frisés des deux, leur aspect toujours inachevé, l'importance de leur ventre soutenu par des jambes si légères. Leurs fous rires déplacés, exagérés se mélangent.

Au début de la quatrième, Richard était si maigre, si fluet, aussi peu encombrant que Basile. Lui arrive-t-il de pleurer quand les choses le dépassent, qu'il ne parvient pas à se faire comprendre ?

Jean-Louis ne roule pas très vite. Nous avons gardé nos manteaux, nos vestes en dessous, Richard son imper archi-serré.

Nous savons parfaitement tous les trois que l'anniversaire de Gavotti est un prétexte.

On est bien comme ça : ni trop chaud ni trop froid. Jean-Louis ouvre la fenêtre tous les quarts d'heure à cause des cigarillos, ses Panther Mignon. Richard ne fume plus, c'étaient des Peter Stuyvesant au paquet doré, des extralongues. Je compte me rattraper chez Gavotti.

Nous disposons de dix CD, autant que le lecteur de la Mercedes peut en contenir. Mais ils sont très récents, appartiennent pour la plupart aux fils de Jean-Louis. Ce n'est pas grave, Jean-Louis se souvient qu'il en a caché dix autres dans le coffre. De vrais trésors, vieux comme nous.

Il se gare aussitôt sur une aire de repos — c'est le début de l'autoroute du Nord — et nous invite à descendre.

Nous avons droit à un choix chacun. Richard n'aime pas choisir. « Prends pour moi », me dit-il.

Tout ce qu'on a raté, jamais écouté ensemble. Nous nous sommes perdus quatre ans après la séparation des Beatles, on se retrouve l'année où Brian Wilson publie enfin son album *Smile*.

Le 17 août 1977, nous pleurons Jean-Louis et moi la mort d'Elvis dans un train à destination du Luxembourg. Mais où est Richard ? Nous l'avons déjà exclu de notre vie, car il s'agit bien de ça. Pas de place pour lui. En 77, nous sommes mariés, en couple. Nous partons en vacances à quatre

26

avec les futures mères de nos plus grands enfants.

Tous les trois, nous l'avons expérimenté une fois, c'était la Grèce et peu convaincant, l'été 72. L'année de la parution de mon premier livre. Jean-Louis était déjà l'ami préféré et moi le sien.

Peut-être ma mère Peggy a-t-elle raison ? Peut-être avions-nous seulement du mal à être trois ? C'était moi et Richard, ou moi et Jean-Louis, ou Jean-Louis et Richard, évidemment le pire.

Dans notre histoire, Jean-Louis est arrivé bien après. Mon copain Meunier des chocolats Meunier, « achète vingt tablettes et deviens copain Meunier, tu seras invité aux meilleurs concerts, aux meilleures soirées, tu recevras des bons-cadeaux, des posters, ton poids en chocolat... », mon copain Meunier, c'était Hermann. Les Stones à l'Olympia, Tom Jones à l'Alhambra, c'est nous deux, Richard et moi.

Le parc de Saint-Cloud, le dimanche, avec les parents Hermann : Richard chantait Antoine et Dutronc en s'accompagnant à la guitare, je le suivais tant bien que mal au tambourin. A la fin de chaque morceau, je faisais passer un chapeau de paille à nos spectateurs involontaires. Nous récoltions largement de quoi nous racheter vingt nouvelles tablettes.

Ses premières mélodies au piano, rue Daubigny, c'est à moi que Richard les réservait. Près de deux ans à nous, sans Jean-Louis. A-t-il préféré ces deux années aux autres ? Éprouve-t-il encore la nostalgie de son grand amour ? Il faudrait pouvoir dater précisément l'irruption d'Annick dans la vie de Richard. Si c'est elle qui nous l'a enlevé, Jean-Louis n'est pas coupable.

Quand donc se situe la scène ? Milieu de la seconde, fin de la troisième en pleine révision du brevet... Je sèche. Je sèche lamentablement sans oser poser la moindre question.

C'est à Richard de commencer. Il s'en pose tellement tout seul, se souvient de chaque événement, séquence par séquence, de chaque personnage, si mince soit-il. Des

28

noms de tous les profs et de tous les élèves. Il revoit Dalpeyrat cracher sur Terrien, le pion Méduse me traiter d'Amerloque, « toi, l'Italien ! » pouffe Richard.

C'est nous qui lui avons manqué. Le manque de Richard, nous le mesurons, Jean-Louis et moi, en le retrouvant avec son humour, sa gentillesse, son côté râleur aussi, curieusement français malgré ses origines, vaguement à droite si nous devions absolument le mettre dans un camp.

Comme avant, il donne sans compter et dans le plus grand désordre son avis sur la marche du monde : la politique pour l'emploi du gouvernement le préoccupe, il sait le désarroi des petits patrons écrasés par les charges. Il commente la fin de règne de Chirac, « un brave type, on le regrettera... », déplore l'avènement du pape allemand qui ne lui est pas sympathique, propose solennellement de militer pour la libération du terroriste Carlos. Richard ne voit personne d'aussi capable et aguerri pour stopper net la vague actuelle des attentats. A Carlos d'infiltrer les réseaux islamistes les plus farouches. Pourquoi ne pas essayer, au moins ? se demande Richard comme s'il sortait tout droit d'une réunion de crise aux Nations unies.

Le présent le navre, il se souvient plus volontiers, avec une infinie délicatesse, de Marie-Noëlle Redon, ma plus longue fiancée, de l'enfant qu'elle a si peu porté de septembre à décembre 71 avant l'avortement.

Il se souvient de l'étrange soirée où, pour fêter le retour de ses règles, j'avais invité Marie-Noëlle avec Richard et Jean-Louis au cabaret *Le Don Camillo*, rue des Saints-Pères.

Ma mère s'y produisait encore dans son numéro parodique. Il y avait du beau monde à l'affiche : Serge Lama, des chansonniers dont le futur pédophile Patrick Font, une chanteuse à textes, un ventriloque et le tandem comique des Frères Ennemis, composé d'André Gaillard et de Teddy Vrigneault.

— On n'a jamais su pour Teddy, se désole Richard.

— Non, jamais.

Près de vingt ans maintenant que Teddy a disparu comme tant de gens disparaissent. Ces lieux de passage nocturnes, *Don Camillo*, *Port du Salut*, *Galerie 55*, *La Grignotière*, où il fallait gagner sa vie en accumulant les cachets et les verres, tickets de boissons gratuites, taxis de retour payés une fois sur deux, ces cabarets de la Rive gauche que j'ai si bien connus, n'incitaient guère à trop de persévérance. Un accès de mélancolie était sans doute inévitable.

Huit mois plus tard, c'est Mykonos, l'été grec sans Annick ni Marie-Noëlle. Richard me rappelle les prénoms des deux coiffeuses que nous avions draguées. Jean-Louis esquisse une grimace, il les jugeait impossibles malgré leurs corps parfaits.

— Et la Canadienne russe ?

— Irina, Irina Vanel.

Richard ajoute qu'elle se droguait. Beaucoup. Que nous avons eu bien de la chance de ne pas l'emballer.

Et lui, à quoi a-t-il touché ? Une heure chez Gavotti si on y arrive, mais combien

31

de temps en HP? A-t-il subi des électro-chocs? Passe-t-il régulièrement des scanners? Des IRM?

On le sent pâteux et ralenti, on le devine chargé. C'est pourtant lui, le bavard, et celui de nous trois qui possède la meilleure mémoire, les références exactes.

Jean-Louis jubile : « Tu as trouvé ton maître », me dit-il.

On a dépassé Enghien vers neuf heures. On n'est pas allés chez Gavotti. « On appelle Martin ? Le pavillon ? » On n'a appelé personne. Changement de cap. Direction Calais puis l'Angleterre.

Gavotti y travaille toute la semaine, commercial auprès d'une compagnie pétrolière, on est sûr de ne pas tomber sur lui un dimanche matin. Petit déjeuner à Londres, voté et approuvé par nous trois. On n'a jamais été à Londres, ensemble.

Seule l'Agence Malcom aurait pu nous y envoyer mais ça n'aurait pas marché pour moi, on ne m'aurait pas admis.

Quand j'allais dormir chez Jean-Louis et ses parents, le week-end, je cachais méthodiquement ma médaille de baptême dans ma chaussure, par peur de les heurter. Je leur avais menti. Ma mère mentait là-dessus aussi. Je mens beaucoup depuis. Et sur tant de sujets : « Les mensonges forment la jeunesse, mamour », me répétait Peggy avec un certain aplomb les soirs de relâche des cabarets.

C'est le disque choisi par Jean-Louis qui défile depuis la bretelle de sortie de Compiègne, toutes les versions du *Hey Joe* d'Hendrix compilées.

— Il n'existe pas, ce disque, note Richard.

Il connaît tout, chaque morceau, chaque interprète. Si on parle de Julien Clerc, il dira Julien, pour Bashung, Alain, David pour Bowie comme s'ils étaient membres de sa famille.

— Je ne me trompe pas pour le disque, s'agace-t-il.

Non, il a raison. C'est Christophe, surnom Criss, le fils aîné de Jean-Louis, qui l'a gravé pour son père.

Richard ne nous demande pas de nouvelles de nos enfants. Il n'en connaît aucun. Huit enfants à nous deux. Jean-

Louis remarque que je ne les appelle jamais « les enfants » mais par leur prénom, à tour de rôle, comme à l'école, du plus grand au plus petit.

Richard préfère se concentrer sur les parents, sur ma mère qu'il rencontre dans l'immeuble de son ex-femme.

— Il ne lui est jamais rien arrivé, au fond, à Peggy. Elle est increvable. M'a juste dit qu'elle ne te voyait pas assez.

Richard en rit encore alors que Jean-Louis adopte un autre ton, plus sérieux, presque austère. Il a baissé le volume de la chaîne – c'est la version de Johnny qu'il apprécie peu, trop transpirant et démonstratif pour lui –, Jean-Louis apprécie Peggy, son personnage fantasque, il recense affectueusement ses écarts de conduite, lourds et légers.

— Elle n'a pas eu un pépin, ta mère ?

Visiblement Richard et l'immeuble de Nicole n'étaient pas au courant, c'est récent. Dix jours à Lariboisière suite à un malaise. Une fausse alerte. J'étais rassuré le premier soir d'hôpital. Sitôt gagné sa chambre, je surprends Peggy qui se remaquille sur son lit, rimmel, blush, poudre de riz, tout en répondant nonchalamment au questionnaire d'usage des admissions.

— Date de naissance ?

— 1935.

(Elle est née en 29.)

— Situation de famille ?

— J'ai une famille.

— Mariée ?

— Oui, mariée. Mais lui vit en Amérique. Pour ses affaires. (Mes parents ont divorcé six mois après ma naissance.) Un très bel homme, mon mari, pensez qu'il mesure plus d'un mètre quatre-vingt-dix et moi si petite. Il a bien le droit de me tromper, non ? (Mon père est mort, il y a treize ans, en octobre 92.)

Peggy me gratifie d'un clin d'œil de connivence puis elle s'égare, ne répond plus aux questions, ou plutôt si, elle répond à des questions qu'on ne lui pose pas sur sa carrière de comédienne, de parodiste, sur son cours de théâtre définitivement fermé.

Elle énumère les célébrités qu'elle a formées, encourage l'infirmière, les internes à regarder le prochain film du dimanche soir. Kristin Scott Thomas y tient le rôle principal. Le ton est devenu condescendant, c'est normal. Kristin lui doit beaucoup. Peggy lui a appris la diction, l'impro et même le français.

Quand j'ai voulu prendre congé, elle s'est étonnée de me voir la quitter si vite : « Tu ne restes pas, le gros ? » Peggy m'a indiqué le lit jumeau de sa chambre : « Il est libre. Pourquoi tu ne dors pas là, avec moi ? En plus, la stagiaire te dévorait des yeux, j'espère que tu l'as remarqué... » Non. Elle invente afin de me convaincre, ne m'a pas convaincu.

Ma mère ne m'a jamais envisagé amoureux, très marié, raisonnable. Mais toujours partant puisque parti de chez elle. Ma mère à boire se réjouit de me voir partir si souvent.

— Chez vous, ce sont les pères qui sont partis, grommelle Richard, orphelin de Maya et d'Yvonne aussi.

Yvonne aurait cent ans aujourd'hui.

Personne ne vit aussi vieux. Je parviens à peine à prononcer le prénom d'Yvonne, qui nous gardait rue Daubigny chez les Hermann quand nous étions enfants.

Adolescents, correspondrait mieux à la vérité mais Richard et moi avons soigneusement évité ce passage. Lui grâce à Annick et moi grâce à Peggy.

Jean-Louis est le seul de nous trois à avoir connu de vrais parents, une vraie famille, des petites amies très banales qui se refusaient ou s'ouvraient à lui.

J'étais tombé sous le charme de l'une d'entre elles, Laurence Trèves. Nous n'allions pas bien loin, cependant. Enlacés dans la rue, du Monoprix jusqu'à chez elle.

Du côté de Jean-Louis, c'est Sophie, la fille aux lunettes de l'avenue Bosquet, à laquelle il m'arrive encore de songer. Nous l'avions appelée, mais plus tard, la sorcière de l'île d'Elbe.

Jean-Louis, invité chez les parents de Sophie dans leur maison de vacances à Elbe, en avait été chassé avant la fin du séjour. Parce qu'il était juif, lui, justement.

« Ce n'est pas exactement ce qui s'est passé », corrige-t-il en remontant le son de la hi-fi. « Sophie ne voulait plus de moi, j'ai raconté cette histoire pour ne pas perdre la face.

— Et Maryse Corcos ? » relance Richard que la vérité sur Sophie indiffère.

Pas de nouvelles de Maryse, la première fiancée dont j'ai caressé les seins, au cinéma Marignan, un mercredi à seize heures. Sans doute un de Funès, peut-être *Le Grand Restaurant*.

Rien à voir avec les seins d'Annick Kantor. Annick a carrément écrit et publié un livre sur le sujet.

Richard nous rapportait avec un grand luxe de détails chacune de leurs séances. A quel âge a-t-il donc fait l'amour ? Quinze ans ? Moins de quinze ans ? Si longtemps avant nous, en tout cas.

Pendant un an, ses chansons ne parlent que d'Annick. *Je te garde, Mourir ensemble*... *Vingt-quatre heures nous séparent* quand Annick rend une brève visite à son père en Alsace.

Elle l'a ravi, Peggy dirait « envoûté ». On le voit moins en classe, à se demander s'il suit la même scolarité que nous. « Annick avait compris que j'étais trop sentimental, trop émotif, hypersensible. » Ce que les médecins avancent aujourd'hui quand ils parlent de Basile.

« C'est elle, nous apprend Richard, qui m'a conseillé mes premiers calmants, les meilleurs somnifères. » Ce seul mot nous enchante.

Nous établissons à voix haute, Richard et moi, la liste de tous les produits que nous avons ingurgités, du Phénergan au Mandrax, du Stilnox à l'Halcion. Certains de nos faux amis ont été retirés de la vente.

Je m'interroge : à quel moment Richard nous a-t-il paru différent ? A quel moment et pourquoi ? Parce qu'il baisait, parce que Annick ? A cause de ses chansons, de ses parents absents, de son frère surdoué, de son rapport avec Yvonne qu'il martyrisait et que nous avions fini par martyriser aussi ?

Il avait toujours l'air nerveux, c'est vrai, agité, bizarre. Ma mère l'était, tous les artistes que l'on aimait, pourtant moins que Richard.

Annick lui aura fait du bien. Puis du mal. Leur relation est rapidement devenue instable. Annick était nettement plus âgée que lui. Elle ne lui avait pas caché qu'il n'était pas le seul. Un jour, il l'est resté.

— Vous avez lu son livre? se renseigne-t-il.

Non. Jean-Louis ne connaît même pas son existence. Je l'ai distraitement feuilleté en librairie. Intrigué par le titre, *Ma paire*, le nom de l'auteur et l'illustration de couverture qui représente Annick torse nu.

— C'est une photo assez ancienne, nous indique Richard. Annick n'a pas si bien vieilli.

— Tu l'as revue?

— On a dû prendre un café. Enfin, Annick a certainement bu un café. Moi un Schweppes. Je ne touche plus au café, vous pensez bien. Elle est aussi seule que moi, aujourd'hui, cette folle. Et n'a pas réussi grand-chose. A me rendre dingue, ça c'est

sûr. Mais il y a prescription, n'est-ce pas?
C'était il y a longtemps.

Nous savons qu'il l'a aimée, il tremble
légèrement en évoquant la chère Annick, se
trouble et finit par tendre à Jean-Louis le
disque que j'ai sélectionné pour lui : un
best of de Billy Joel avec *Honesty* en plage
trois, qui lui correspond tellement.

Il apprécie, savoure, puis : « Pourquoi je
n'ai pas écrit un truc comme ça, se désole-
t-il. Tu composes un standard pareil,
t'es tranquille toute ta vie, c'est Claude avec
My way, *Hey Jude* de Lennon, une Annick
ne va pas coucher ailleurs, la mère de ta fille
ne réclame jamais le divorce. Vous n'avez
pas divorcé aussi vite, vous? »

Non. Mais ce n'est pas mieux. La
compétition n'intervient pas à ce stade.

« Au moins, vous êtes remariés, reprend
Richard, décidément très volubile. Avec moi,
vous avouerez que c'est plus compliqué. »

On pense qu'il a fini, qu'il va laisser à
Billy Joel le soin de conclure. Mais se ravise.
« Enfin toi, ça n'a pas l'air simple non
plus. »

C'est à moi qu'il s'adresse. Il se souvient de m'avoir entendu un matin sur Radio Notre-Dame. Probablement dans un taxi. « Ce sont les taxis qui écoutent ce genre d'émission. » Au tour de Richard de s'inquiéter : « Tu disais que tu consultais. Tu as quelqu'un de bien, au moins ? »

J'avais. Je lui épelle le vrai nom de Totoche, lui donne machinalement ses coordonnées que je n'ai pas oubliées, sept ans de tête-à-tête. « Ah ! bon, alors je suis content pour toi. C'est important de ne pas se tromper, de tomber sur la bonne personne. Comme en amour, au fond. Maintenant, j'ai une femme. »

Jean-Louis et moi ne consultons plus aujourd'hui : les soucis que nous ont procurés deux de nos enfants nous auront permis d'acquérir une meilleure assurance.

Mon premier médecin était un nutritionniste. J'avais une dizaine d'années et autant de kilos à perdre. Je les ai gardés longtemps, c'était moi le *gros*. « Un faux maigre », avait rectifié aimablement l'une des coiffeuses de Mykonos.

« Tu aurais dû coucher avec elle, me reproche encore Jean-Louis. Ne serait-ce que par politesse. »

Jamais revu les petites coiffeuses. Marie-Noëlle, si. Une fois sans rendez-vous, croisée à un carrefour bruyant de la Motte-Picquet. C'est bien elle, Marie-Noëlle Redon, ma longue fiancée des années 70, son air chafouin, sa tête d'oignon blond et cette énigme insoluble qui l'accompagne : on ne sait jamais avec elle si elle vient de pleurer ou si elle en prend le chemin.

Elle n'était pas seule mais flanquée de deux enfants collés à sa peau de jeune maman. Le plus récent tenant sa main libre, l'aîné en équilibre sur ses épaules.

Son visage est resté sans réaction. Nous avons malgré tout échangé un regard. D'effroi. Puis, Marie-Noëlle a réussi à baisser les yeux en traversant. La scène n'aura pas duré plus d'une minute. Un feu rouge. Ni besoin ni envie de s'attarder l'un sur l'autre.

Cette rencontre fortuite, ce passage éclair ont marqué la fin de ma jeunesse.

« Vous ne voulez pas qu'on arrête Billy

Joel? propose Jean-Louis, et il chasse d'un geste mes pensées mortelles. C'est très bourdon, superglauque, Billy Joel. J'ai raison d'épargner les garçons. On met quoi, les quatre chevelus ou Paul tout seul? »

La rumeur de la mort de Paul McCartney nous amuse encore. La fausse nouvelle s'était répandue après la parution de *Sgt Pepper's*. Amplifiée à la sortie du double album blanc, confirmée avec la pochette d'*Abbey Road*, Paul pieds nus devant la Volkswagen qui l'aurait renversé et sa plaque d'immatriculation légendaire : 28IF, Paul aurait eu vingt-huit ans si...

Au lycée, à Carnot, nous portons tous les trois un brassard noir en signe de deuil.

« Et si vos parents avaient disparu, qu'est-ce que vous feriez? » Porchet, le surveillant général, ne nous avait pas ratés. Et Richard de lui répondre qu'à la mort des parents on ne viendrait pas en classe.

Encore trop triste, les Beatles. Demeure mon choix : *Broken English* de Marianne Faithfull qui nous rapproche de Londres et, paraît-il, d'Élodie, la fille de Richard.

Elle ne chante pas mais possède, son père l'affirme, le même timbre de voix que la vieille Anglaise, rauque, un peu cassé. Est-ce qu'elle fume? Tous les jeunes fument. Et il revient à la chanson, se félicite qu'Élodie ne soit pas tentée par la carrière. Elle aurait subi, à coup sûr, les mêmes revers que lui. L'Anglaise aurait fini la course en tête, Élodie toujours à la traîne comme Richard avec son Polnareff.

A ce jeu des ressemblances, il n'y a que Lenorman qui s'en soit tiré malgré le beau Julien. Non, Élodie a d'autres ambitions, s'enorgueillit Richard. Il semble hésiter avant de nous révéler la vocation de sa fille, trahir son secret. Ce n'est pas un si grand secret.

— Voilà, elle a commencé à écrire. Ce sera un vrai livre.

— Un livre sur toi?

— Non, pourquoi?

Ma question est stupide, presque gênante, je m'excuse aussitôt auprès de Richard et lui, catégorique :

— Il n'y a rien à écrire sur moi.

Richard s'intéresse à nous trois, à nous

sans lui, jamais à lui tout seul. On ne le sent ni résigné ni amer. Seulement modeste et prisonnier de sa modestie.

« Que veux-tu, que veux-tu… », répète-t-il plusieurs fois comme s'il improvisait une phrase musicale.

Alors, tandis que Jean-Louis rattrape les paroles de *La Ballade de Lucy Jordan*, je réclame :

— Je veux les années RTL, je veux Gérard Klein et le Président Rosko…

— Tu trouves ça drôle ?

Sa question est sincère.

— Oui.

Ma réponse aussi.

Tous les soirs ou presque, après le lycée, Richard bloquait le standard de la station de radio périphérique. Gérard Klein, déjà instit', animait une émission de divertissement pédagogique. Il invitait ses jeunes auditeurs à exposer leurs difficultés scolaires. Problème de maths, thème anglais, version latine. En échange, Gérard Klein exigeait de son public moins jeune le corrigé des copies dans les meilleurs délais.

Notre Richard appelait trois ou quatre fois par semaine, il recherchait invariablement la traduction de poésies roumaines qu'il déclamait in extenso à l'antenne. Klein l'accueillait avec humour et sympathie.

Une heure plus tard, sous une voix à peine déguisée, Richard s'empressait de délivrer en français le texte du poème.

Les soirs où Richard ne lui téléphonait pas, Klein déprimait. « Que fabrique donc notre cher auditeur ? » implorait-il.

Richard était parvenu à créer un manque.

Cela a duré six mois, peut-être neuf. Quand Richard a arrêté le jeu, Klein a perdu son entrain et il a quitté RTL pour France Inter.

Un Américain, le Président Rosko, l'a remplacé au pied levé, obtenant de la station une plus vaste tranche horaire.

S'agissait-il d'un véritable Américain ? Nous en avons toujours douté. Le Président Rosko s'ingéniait à amplifier son accent pour confirmer son exotisme.

L'émission avait beau ne pas se dérouler en public, nous y assistions assez souvent,

Richard et moi, par je ne sais quel subterfuge. Le Président Rosko devait nous prendre pour les enfants d'un membre du personnel de la radio. Il nous offrait des badges, des porte-clés, des écussons. Jamais de disques.

Nous traînions avant de rentrer dans les différents drugstores des Champs-Élysées de l'époque. Un passage obligatoire au Lido Musique que dirigeait le père d'un camarade de lycée. En glissant son nom à la caissière du Lido, on bénéficiait d'une réduction de vingt pour cent sur nos achats. Mais Pierre avait deux noms : Buisson et Rosenberg. Un nom pour le lycée, un autre pour le magasin. On se trompait souvent.

Un peu plus haut sur l'avenue travaillait Dave Williams, humble représentant de la MGM en France. C'était un ami de ma famille. Comme il n'avait jamais aidé ma mère dans les castings, il cultivait une vieille dette à mon endroit.

Il me suffisait, ainsi, de monter à son bureau à l'improviste : mon air miséreux apitoyait sa secrétaire et Dave Williams me recevait sur-le-champ.

Il m'accordait dix minutes de conversation en américain et surtout un ou deux billets de cent francs qu'il éprouvait les pires difficultés à fourrer dans la poche de mon jean.

Le drugstore de l'Étoile est le seul à avoir survécu. Nous l'aimions déjà plus que les autres, y dégustions Richard et moi le repas le moins cher : sandwich tomate-bacon.

Nous avions bien cru un jour être récompensés de notre assiduité. Deux filles de notre âge, parlant un sabir aussi incompréhensible que l'anglais de Dave Williams, mais très sensibles à nos avances, semblaient répondre à nos regards énamourés.

Elles n'attendaient personne et nous avions gagné leur table et leur sourire sans effort particulier.

Leur langue inconnue et codée les protégeait, les verres de Coca s'additionnaient les uns aux autres, les desserts s'empilaient sur les sélections de canapés : elles n'avaient pas déjeuné.

La plus jolie des deux est partie rassasiée. Puis l'autre mais assez longtemps après pour aller — nous jura-t-elle — chercher la première.

Leur tour était splendide. Elles ne sont jamais revenues. Il ne restait plus qu'à payer les consommations.

Teddy Vrigneault n'est pas revenu non plus. Nous ne sommes pas en compte. Je pense souvent à son compère André Gaillard. Au départ de Teddy, André a tout perdu : son travail, un ami, son nom de scène et sa condition d'artiste. A-t-il envisagé de poursuivre seul son activité de frère ennemi, amputé de sa moitié comique ?

J'ai obtenu récemment, sans en demander, des nouvelles d'André, détonantes et contradictoires. Un humoriste de télévision, mon voisin du IXe, le voit régulièrement garer sa voiture. Ils fréquentent le même parking derrière la Trinité. Et dans sa rue piétonne du XVe, mon ami Vassilis rencontre André chaque semaine à la laverie automatique la plus performante du quartier.

Mes deux informateurs ne se trompent pas, ne le confondent pas avec un autre, ils ont même fini par s'en assurer auprès de lui : « Vous êtes bien André Gaillard, l'ancien des Frères Ennemis ? » « Oui, pourquoi ? » La conversation s'est interrompue dans les deux cas. Comment la poursuivre ?

Au moins André est-il vivant.

Aurait-il deux adresses à Paris ? Non, ses moyens ne le lui permettent sûrement pas. J'ai imaginé, alors, qu'il vivait bien dans le IXe, comme moi, sa voiture au parking, une femme, des voisins. Et qu'il cachait Teddy dans le XVe, prêt à lui faire ses courses et à lui laver son linge au nom de leur vieille complicité.

Nous roulons enfin sans musique. Jean-Louis a épuisé sa boîte de Panther et j'ai bien cru que Richard s'était assoupi, mais pas du tout, il se redresse, s'éclaircit la voix et cherche auprès de moi un nouveau complément d'objet.

— Si tu n'as pas touché aux coiffeuses, ça veut dire que tu es passé directement de Marie-Noëlle à la mère de tes premiers enfants?

C'est à peu près ça, rien d'important ni de durable. Beaucoup d'échecs, quelques tickets de quai. Pas de voyage. Geneviève une fois, Ludmila trois ou quatre, Marie-Claire une semaine. Les autres ne voulaient pas. Ni de Richard ni de moi. Le choix n'était pas si large.

— Même avec Athina, admet-il, chou blanc, tu as raison.

Sur le bateau de retour de Mykonos, nous avions branché une jeune Grecque bilingue qui portait une fine moustache. Après trois heures de traversée, nous nous connaissions depuis toujours. Athina avait sorti un miroir de la poche de son sac en toile. Et, nullement gênée par notre présence, elle avait pressé sur son menton un petit point noir rebelle.

Richard nous persuade qu'une fille capable d'un tel geste promet les plus longues caresses. Il se trompe. Nous aurons droit à un maigre baiser chacun, au Pirée, en guise d'au revoir.

Refus répétés des filles du Village Suisse, tant Florence que Pascale. Mais nous ne les aimions pas. Comparées à Annick, tout ça, la Grecque, les Suisses... Richard se marre, les traite encore d'allumeuses : « Cassaient pas une bite à un canard ! »

Il ne reste pas grossier très longtemps, poursuit son enquête sentimentale et attaque Jean-Louis sur son sérieux légendaire :

— Tu es notre deuxième Malcom, ironise Richard. Bac à seize ans, HEC, la banque, quatre ans de droit et aujourd'hui la plus grosse étude de Paris.

Jean-Louis lui rappelle qu'il a raté HEC et qu'il s'est contenté de racheter la charge de son père.

— Ah ! ne te diminue pas, gronde Richard, tu me fâches...

Il marque une pause et s'aperçoit soudain qu'on a éteint la chaîne.

— C'est la grève des chanteurs ou quoi ? On ne s'écouterait pas un petit Berger, paix à son âme, une *Groupie*, un *Prince des villes*...

C'est nous les *Princes des villes*, il faut nous comprendre. Que ne ferait-on pas pour prolonger cette soirée insouciante ?

Jusqu'où doit-on aller pour retrouver une vie sans tracas ?

Loin. Avant les ennuis de Christophe et les cris de Basile, quand tous nos parents – présents ou absents – étaient bien vivants, quand on n'avait encore perdu personne.

Jean-Louis s'attarde sur les premières plages du CD. Berger a repris les classiques, *Message personnel* qu'il a écrit pour Françoise Hardy, deux morceaux de *Starmania*.

Toujours la Grèce. Jean-Louis, qui oublie tout, se souvient de la place Omonia à l'aube, de nous trois affalés en terrasse à dire l'avenir dans la nuit d'Athènes entre deux tours de poker menteur.

Juillet 72. Basile vient au monde trente années plus tard. On ne l'avait pas prévu. Quelques mois après sa naissance, les premiers troubles de Christophe surgissent.

Je ne suis pas sûr que la belle Annick ait suffi à nous séparer de Richard, je me demande si Criss et Basile n'ont pas contribué à nous réunir.

Teddy Vrigneault n'a pas encore disparu quand je déjeune avec Richard pour la dernière fois en novembre 75.

Il est venu me chercher au bureau, m'attend dans le hall glacé des Presses de la Cité, mon premier employeur.

Nous sortons par l'arrière-cour de la rue Servandoni, je sais – par une indiscrétion – que Roland Barthes habite dans l'immeuble, au-dessus du comptoir de vente des Presses. J'indique à Richard les bonnes fenêtres et lui :

— Connais pas Barthes, s'exclame-t-il.

Nous nous sommes déjà éloignés. Je débute dans l'édition, Jean-Louis a fini son droit et Richard sa carrière.

J'emmène Richard déjeuner chez Bouvier, le restaurant le plus sinistre de l'arrondissement où j'ai table ouverte.

J'attends que nous ayons commandé pour montrer à Richard le press-book qui ne me quitte pas, un album où j'ai savamment regroupé tous les articles parus sur mes quatre petits livres, Paris, province, pays francophones...

Nous sommes à égalité lui et moi : quatre singles et quatre titres. Seul mon premier roman a connu un léger succès. Le press-book est flatteur, je me suis arrangé pour mettre en valeur les articles les plus complaisants et louangeurs.

Richard est bluffé, stupéfait. Et moi odieux, presque méprisant. « Tu me le donnes ? »

Richard comprend qu'il s'agit d'un cadeau. Je n'ose pas refuser. Que va-t-il bien pouvoir en faire ?

— Qu'est-ce que tu en as fait ?

— J'ai dû le balancer à la poubelle, regrette Richard, tout penaud dans la Mercedes. Je l'ai jeté quand j'ai quitté Daubigny, juste avant d'épouser Nicole. J'ai cru que la vie commençait. Tu m'en veux ?

— Mais non, pas du tout.

— Toutes les coupures sur la Rose d'Or y sont passées aussi. Je n'ai rien gardé.

A Antibes, à la Rose d'Or, Richard avait terminé sixième sur dix candidats. Alain Souchon, troisième, avait reçu le prix de l'Humour de la Rose. Le nom du deuxième m'échappe. C'est David Christie qui a remporté le trophée.

Juillet 73. Nous sommes descendus dans le Midi à nos frais, ma première femme et moi, pour soutenir Richard. Avons dormi à l'hôtel *Le Provençal* – où étaient logés les artistes en compétition –, dans une chambre étroite sans bains ni vue.

A notre retour à Paris, la mère de Richard, Maya, encore plus déçue que nous par les résultats de la Rose, avait insisté pour me rembourser le prix des billets d'avion : « Vous l'avez fait pour Richard, il a perdu, alors laisse-moi réparer. »

Maya était très belle et ressemblait à l'actrice Ann Bancroft dans *Le Lauréat*. Hélas pour elle, nous rêvions déjà tous comme Dustin Hoffman à la fin du film d'enlever Katharina Ross le jour de ses noces à l'église presbytérienne.

Les ferries ne partent plus à cette heure-
ci. Le prochain est à six heures. Mais
demain.

Faut-il dormir ici, à Calais, dans la
Mercedes ? Renoncer au projet de Londres
et décevoir Richard ? Revenir en arrière, sur
ses pas, ne tente personne.

— Vous n'avez pas faim ? demande
Richard.

Si. Forcément. Alors Richard décide pour
le trio, nous prend complètement en
charge.

— On va bien trouver un restau sur le
port.

— Et après le restau ?

— On trouvera un hôtel, répond
Richard à Jean-Louis. On mettra la voiture

au parking de l'hôtel. Réveil pas trop tard et demain on déjeune à Londres.

Jean-Louis paraît moins emballé que nous, presque réticent. Nous avons atteint le centre-ville, la Mercedes descend doucement vers le port plutôt animé malgré la pluie et Jean-Louis, tout en cherchant vaguement à se garer :

— Moi, je ne dors plus sans rien, les mecs. Je suis comme vous, maintenant. Je n'avais pas prévu.

Jean-Louis dormait si bien quand Richard et moi échangions déjà nos petits poisons. A Mykonos, nous l'avions vu s'allonger à même le sol et sombrer en moins de trois minutes.

Il nous proposait dès le lendemain soir de le chronométrer, n'aura cessé pendant toute la durée du séjour grec de battre son propre record. Nous a toujours laissé les lits jumeaux de la chambre d'hôte au plafond bas pour se coucher par terre.

Richard se régale, il adresse à Jean-Louis son plus beau sourire : « Si ce n'est que ça, j'ai ce qu'il te faut. »

Et il sort de la poche de son imper une véritable pharmacie de garde :

— Me déplace plus sans eux, nous annonce-t-il.

Il a disposé les différents tubes, boîtes et flacons sur le tableau de bord, nous vante chaque article, commente les mérites de l'Immovane, les dangers du Rohypnol, les vertus du Xanax, les méfaits du Temesta.

Jean-Louis a repris des couleurs. Ces produits lui sont familiers, il les reconnaît, savoure leur présence réconfortante. On le croirait hypnotisé tels Richard et moi devant les CD du coffre de la voiture.

On dormira à Calais, c'est gagné. Embarquement pour l'Angleterre demain à la première heure.

Richard est resté le plus grand de nous trois. Il me semble à présent qu'il me dépasse d'une tête. Enfin debout, à nous dégourdir les jambes, nous nous regardons pour la première fois. C'est un petit trajet. Je marche devant à côté de Richard,

Jean-Louis, un peu plus loin, joue sans raison avec le trousseau des clés de la Mercedes.

Nous avançons lentement, il faut suivre le faux rythme imposé par Richard. Il ne se déplace pas plus vite que Basile. Mais ce n'est pas aussi simple, Richard refuserait certainement que je le prenne dans mes bras.

Dans un bon film, Jean-Louis a raison, la scène finirait par être coupée au montage. Elle n'apporte rien, aucune information, pas la moindre progression dramatique.

Richard s'est mis à pisser contre un arbre. Il doit penser que c'est permis, naturel.

Nous le couvrons Jean-Louis et moi comme s'il était en train de commettre un terrible larcin.

— Vous n'avez pas envie de pisser? s'étonne Richard en se réajustant.

On lui répond par un sourire. C'est insuffisant. Alors, Richard enchaîne :

— Vous avez déjà chié à votre bureau? Moi, je serai complètement bloqué. C'est depuis l'école, j'ai toujours chié chez moi.

Alors, pas de bureau. Maintenant, j'ai réglé le problème. Sérieusement, vous me voyez dans un bureau ?

Il a beau être assez tard, la salle de la brasserie est toujours comble. Nous sommes priés de patienter au bar, les premiers verres seront offerts, le temps de parcourir la carte et de dresser la table — une table ronde, on nous l'indique, face à la mer — qui vient de se libérer.

Richard hésite entre un Gini et un Canada dry, la brasserie est en rupture de Schweppes. Déjà réchauffés par une vodka et un bourbon, nous divaguons Jean-Louis et moi sur la carte interminable des *Mouettes*.

« Vous pensez que tout ça est très frais ? » s'interroge Jean-Louis.

A Richard, à nouveau, de le soulager : « J'ai des médocs pour le mal de ventre aussi. Un truc allemand, introuvable en France. Malcom m'en a ramené la semaine dernière. »

Il a attendu que nous soyons attablés, a dénoué sa serviette et, sur un mode un peu faux, assez paternaliste, il nous incite gentiment mais fermement à appeler chez nous : « Moi, je n'ai personne à prévenir, argumente-t-il. Mais vous... Peut-être qu'on s'impatiente, peut-être qu'on s'inquiète. »

C'est vrai.

Jean-Louis est sorti téléphoner le premier mais sans hâte.

— Tu as quoi, comme portable ? s'informe Richard, intrigué.

— Le plus simple, je sais à peine m'en servir.

— Me suis payé un mains libres, avec le petit bitonio dans l'oreille. Je ne l'utilise même pas, je ne reçois jamais d'appel. Fais juste semblant de le brancher, comme ça je suis tranquille...

— Pourquoi ?

— Quand je parle tout seul dans la rue, c'est bon, plus personne me regarde...

Jean-Louis a été rapide : sa femme sur messagerie aura eu droit à son message.

C'est mon tour, je ne quitte pas la table

sans feu ni cigarettes, on ne sait jamais combien de temps cela peut durer.

Je ne devrais pas appeler chez moi, il n'y a personne. Je ne serais peut-être pas allé à la soirée Gavotti si ma nouvelle famille était restée à Paris, je ne favoriserais sûrement pas le dîner aux *Mouettes*, la nuit à Calais, l'équipée de Londres.

Je m'inventerais une raison de rentrer, j'aime si peu me déplacer sans les miens, j'aime si peu partir.

Là où ils sont, loin de moi, le portable ne passe pas. Pas de réseau ni d'étincelle. On a dit qu'on n'essaierait même pas et j'ai horreur des résolutions de ce genre.

Je prolonge aussi la nuit pour ça, parce que la nuit est sans nouvelle.

Je délivre, j'en ai besoin, un bref message, c'est mieux que rien. Puis, très vite, je compose un autre numéro déjà appris par cœur. Encore un portable, encore une messagerie.

La jeune femme ne décroche pas. Elle ne dort pas, se couche toujours plus tard. Elle préfère éviter tout dialogue, se contentera de ma seule voix. Pas envie de donner la moindre réponse. Ni à mes avances, ni à mes messages.

J'éprouve pour elle un sentiment confus mais réel, assez important pour espérer un encouragement, guetter une promesse.

Nous nous connaissons à peine. Dans un café, j'ai caressé son poignet droit, si furtivement, geste esquissé, peut-être oublié. S'en est-elle seulement rendu compte? Et depuis, je la harcèle, tendrement, je voudrais éveiller ses soupçons, la réveiller pour de bon, me réveiller auprès d'elle.

C'est le sens de mon message à Calais, sous la pluie, le soir des cinquante ans de Gavotti, c'est-à-dire mon âge. Je n'ai pas l'air fier. Pas plus frais que les produits de la carte. Un merlan frit.

Voilà sans doute ce qui me plaît, me pousse à continuer et m'encourage. A rejoindre les autres aux *Mouettes*, réclamer le bordeaux et les entrées, le demi-pression pour Jean-Louis, le troisième Gini de Richard et la corbeille de pain.

Les autres sont déchaînés, récitent dans mon dos les paroles de la seule chanson que Jean-Louis a écrite : *Les Corbeaux*. Mise en musique au printemps 69, piano seul. Richard se demande si ce n'est pas la plus belle de son répertoire. Comme à l'époque, il exagère mais je ne me sens plus vexé ni jaloux.

« Toi, poursuit l'ancien chanteur en me désignant du doigt comme s'il décernait en direct les Victoires de la musique, toi, ta meilleure chanson, la seule qui n'a pas vieilli, que je pourrais enregistrer demain...

— C'est?

— *Je me suis lavé les mains*. Un, deux, trois, ça faisait : "Je me suis lavé les mains, je me suis lavé les mains..."

— "Dans la rivière", reprend Jean-Louis un ton au-dessus.

— Ouais, tu n'as jamais fait mieux, m'assure Richard. Ou alors, rien à voir avec la chanson. Là où tu as été grand, peut-être le plus fort, c'étaient tes imitations, tu tenais ça de ta mère. Johnny, Julien, Claude, Barbara, le petit Fugain, Gilbert, le grand Jacques... A part Sardou, et encore, personne ne te résistait. »

Richard m'avait baptisé le perroquet. Il prétendait que je dépassais largement ma mère Peggy avec mes dons vocaux, ma faculté de singer les vedettes.

— Pourquoi tu n'as pas persévéré dans l'imitation, finalement ?

— Parce que j'ai écrit mes livres.

— Ah ! oui, c'est juste, ton press-book. Encore désolé, hein...

Jean-Louis me regarde, nous pensons lui et moi la même chose : Richard les a-t-il seulement lus, tant les quatre premiers que les suivants ? Lira-t-il le prochain ?

Richard se passionne pour notre vie intime et affective mais antérieure, la seule qu'il s'autorise à comparer à la sienne.

Selon lui, les choses ont peu bougé. La preuve, ces retrouvailles. On ne s'est jamais vraiment quittés. « Trente ans, ça passe vite », remarque-t-il en beurrant les toasts qui accompagnent son tarama. Il reste discret sur sa rupture avec Nicole, la séparation d'avec sa fille.

Nous le préoccupons bien davantage. Il se révèle de bon conseil, s'en gargarise, nous donne des leçons de conduite et de morale puis, tout à coup, ses yeux pétillent – ce n'est pas la faute du poivre à point –, son visage s'illumine, Hermann le farceur est de retour. Prêt à saborder notre plan de marche, il propose une expédition punitive chez Gavotti : « On réveille tout le monde, on baise sa femme et on dégueule sur la moquette. Pour une surprise, ce sera une surprise ! »

Nous raisonnons Richard. Il n'est guère que minuit vingt, comptons maximum deux heures de route. Arrivés avant trois heures, on ne réveillera personne chez Gavotti. Sont foutus de nous garder jusqu'aux croissants. Et l'Angleterre ?

« L'Angleterre, c'est d'accord, mais ton magnum de rouge et mes James Brown, faut bien les apporter à quelqu'un... »

On cherche.

Défilent des noms et des prénoms que je croyais perdus : Christian Richelandet, Laure et Bruno Marcenac, Patrick

Casanova... Monsieur Philipe qui nous avait préparés tous les trois au bac de français, Anne Lavolée et les cousins de Brigitte Abadie, Doudou, le machino de *L'Olympia*, et enfin Angélique, l'adolescente aux cheveux courts.

Nous l'avions suivie, Richard et moi, de son lycée de jeunes filles jusqu'au pont Cardinet. Elle était entrée dans une crémerie parisienne, n'en était plus ressortie.

Deux heures dans le froid d'avril à regarder passer les trains sur la voie ferrée du trottoir d'en face. La disparition d'Angélique demeurait inexplicable. Et Richard d'imaginer tous les plans de guerre ou de paix en cas de réapparition de la belle évanouie.

Il m'avait déclaré qu'en échange d'un baiser de la jeune fille il s'estimait parfaitement capable de se balancer sur les rails, tant pis pour ses jambes.

Heureusement Richard n'a pas sauté et nous n'avons jamais embrassé Angélique. La clé de l'énigme est tombée à la fin du jour, dès la fermeture de la boutique. La lycéenne était la fille des crémiers et habitait au-dessus du magasin. Nous l'avions vue tirer ses volets d'un air absent et résigné.

Jean-Louis a déjà composé le 12, l'opératrice lui a promis d'effectuer rapidement la recherche : épicerie Jeanmaire à Paris, toujours dans le XVIIe.

On n'a pas attendu le renseignement, la crémerie n'existe sûrement plus. On a trouvé mieux. C'est Barbelivien qu'on va réveiller. Didier Barbelivien. On l'a connu à Carnot, lui aussi, seconde, première et terminale. C'est lui le plus célèbre du lycée. *Mademoiselle chante le blues, Toutes les filles qu'on a aimées, Il tape sur des bambous, Michèle...* Combien de succès, combien de tubes, combien de scies les radios se sont-elles disputés ?

Richard a même participé sur FR3 au « Fabuleux destin » de Barbelivien en tant qu'ancien camarade de classe.

« Pourquoi t'es pas venu, me reproche-t-il au passage. On a chanté *La Mauvaise Pente* en duo, c'était assez marrant. »

J'avais décliné l'invitation sans regret. J'avais refusé, je crois, mais comment l'avouer, par peur de revoir Richard. Je pensais que je ne saurais pas : m'adapter, composer, lui faire face.

Et c'est lui qui sait pour nous.

Ni Barbelivien, ni Gavotti, pas d'Angélique... Pourquoi pas Enghien, alors, organisons notre grand retour au casino, suggère Jean-Louis, légèrement ivre depuis le mélange bière-vodka. Nous n'avons jamais vu jouer Richard, peut-être nous porterait-il bonheur ?

Richard s'est renfrogné. Le casino ne l'inspire pas, il bougonne tout seul. Insiste pour payer, règle en liquide par billets de vingt euros sans vraiment regarder la note.

Il a laissé un pourboire démesuré au personnel. Le serveur, pour nous être agréable, nous apprend qu'il existe un casino à Calais même, sur la rue principale, à trois cents mètres de la brasserie.

— Roulette anglaise, black jack, stud poker, craps et la boule, bien sûr, précise le garçon.

— Non, pas de casino.

Richard abrège, dissuasif. Puis il nous explique. Posément, sans douleur.

Charlie et Maya, ses parents, sortaient jouer tous les soirs, chemin de fer, baccara et punto banco, à Enghien de préférence. Enghien leur évitait de repasser par l'appartement. Ils jouaient l'argent du magasin de chaussures et du ménage. Ne gagnaient pas souvent.

Richard et son frère Malcom devaient les attendre parfois jusqu'à l'aube avant de trouver le sommeil.

La chère Yvonne dormait, bien sûr, aussi solidement que ma grand-mère quand je guettais la nuit, à la fenêtre du salon, le retour de Peggy en taxi après sa tournée habituelle et inépuisable des cabarets parisiens.

« A treize ans, Malcom a créé son Agence pour sauver la famille », conclut Richard en souriant.

Et Annick? On a son adresse. Annick n'est-elle pas la meilleure personne à surprendre en de telles circonstances? Elle ne peut pas refuser de nous dédicacer son livre, un exemplaire à chacun en souvenir du bon vieux temps. Annick sera enchantée du coffret James Brown, du Pessac Léognan.

Ça ne colle pas non plus. Richard nous a menti : « Annick a quelqu'un dans sa vie... », murmure-t-il, dépité. Il nous révèle pour la peine l'identité de l'heureux élu, un certain Bob, vétérinaire. « Je crois qu'il a soigné le chien de Belmondo, ajoute-t-il, mortifié. Moi, j'ai raté le coche avec Annick. »

Il nous apprend qu'elle a même voulu l'épouser. « Elle a fait sa demande à ma mère, par téléphone, un soir à l'appartement. Je venais de divorcer, j'étais libre.

— Et tu as refusé ?

— Rien du tout. De là où j'étais, je risquais pas de lui répondre. Un mois chez les cinoques, c'était mon premier séjour à Aubervilliers. Pauvre Annick, ma mère lui a raccroché au nez... »

Et Richard rit de plus belle, toujours aussi fort que Basile. C'est un peu gênant car son fou rire n'entraîne pas le nôtre.

74

« A quoi j'ai échappé, s'étrangle-t-il, merci les dingues ! »

C'est un rire qui n'en finit pas, nourri de hoquets, ponctué de larmes. Un dernier Gini de secours évite l'étouffement. « Ça va ? »

La table voisine s'est inquiétée. Une noce, si discrète et modeste qu'on ne l'avait pas remarquée. Les mariés ont tous les droits, pourtant.

On les remercie pour leur bienveillance. Rien de plus naturel. Ce qui l'est moins, note Jean-Louis, c'est la présence à la droite et à la gauche du marié de deux jeunes mariées possibles, en robe blanche comme il se doit, la première aussi belle que la seconde nous paraît ingrate.

Richard se souvient de *White and White*, notre projet d'opéra-rock. Nous n'avions guère dépassé la cinquième page du livret. Le thème était très simple : pendant une nuit de noces, un mauvais génie procède à un changement de mariée. La fille la plus laide du royaume remplace la plus jolie et le marié ne s'en rend pas compte. Il l'aime,

75

ils s'aiment dix ans, vingt ans, jusqu'au retour de la belle.

Nous avions songé à France Gall pour interpréter les deux rôles. France n'en a jamais rien su.

La brasserie va fermer. On reprend les manteaux, Richard son imper. « Le dernier verre, c'est pour moi, insiste Jean-Louis que je n'ai pas l'habitude de voir boire autant. On ne peut pas se coucher comme ça, pas tout de suite. »

Le serveur des *Mouettes* nous indique bravement le pub le plus chaleureux du port, *Le Liverpool* : « Vous le sentirez tout de suite, là-bas, c'est déjà l'Angleterre... », fredonne-t-il en signe d'adieu.

La pluie a cessé. Sur le chemin du pub, tout à la fois délivrés et enhardis par l'alcool, nous mitraillons Richard de questions :

— Tu l'aimes encore, Annick ?

— Si j'ai droit à un joker...

— Un seul.

— Joker.

— Quand ça a démarré, tu avais quel âge ?

— Quatorze ans.

— Tu as eu mal?

— Mal, non. Peur, oui. Assez peur.

— De quoi?

— Qu'Yvonne nous entende. Ou Malcom. Il était très jeune, Malcom. Et Annick plutôt expansive, ça faisait un sacré boucan dans la maison.

— C'était aussi bon que tu nous le disais?

— Oui.

— Elle t'a sucé dès la première fois?

— Elle m'a sucé tout de suite, elle appelait ça « rouler une pelle d'en bas ». Je n'en revenais pas, j'ai hésité avant d'en parler, à vous ou à ma mère.

— Et ta mère, elle a dit quoi?

— Que ça ne pouvait pas être mauvais pour la création. Maman n'avait pas tort, c'est la période où j'ai le plus composé.

— Elle va d'où à où, la période, de quand à quand?

— Ah! c'est long...

— A Antibes, pour la Rose, Annick était avec toi?

— Non, l'année de la Rose, c'est déjà fini.

Encore sa foutue mémoire qui rafraîchit la nôtre. Annick a « laissé tomber » Richard – c'est sa propre expression – avant Mykonos. Quelques mois après, Jean-Louis et moi rencontrions nos premières femmes.

— Vous avez attendu que je sois tout seul pour vous caser.

Tout a commencé trop tôt pour lui, tout s'est arrêté trop vite. Aucune de ses chansons ne raconte ça, aucun de mes livres.

« Maintenant, je n'ai pas à me plaindre, plaisante-t-il à moitié, je suis toujours là, j'ai vécu des trucs, je ne manque de rien. Et franchement, mais franchement, je passe une très très bonne soirée. »

La fuite de Teddy Vrigneault s'est peut-être enclenchée de la même manière. Une soirée loin de chez lui, des problèmes, un gala heureux en province ou à l'étranger, dans un pays francophone où les Frères Ennemis étaient fort appréciés et Teddy a décidé de ne pas rentrer.

André, son ami et partenaire, l'aura couvert auprès de sa famille, de leur imprésario, de la presse, et il aura accepté de le cacher comme nous cacherions Richard s'il le souhaitait.

Avant de pénétrer dans le pub dont le néon éblouissant pourrait nous décourager, je me demande si je ne devrais pas donner à Richard des nouvelles rassurantes de Teddy, lui annoncer qu'on l'a retrouvé lui aussi, qu'il est bien vivant.

Est-ce si grave si je me trompe, d'intuition, de solution ?

J'ai immédiatement pensé au *Don Camillo*. Les autres aussi. Même configuration des lieux, même espace, même odeur de punaise écrasée mêlée à la sueur des clients. Le jeu de fléchettes à l'entrée, ses craies, son tableau noir ; le vestiaire à droite, à gauche le bar. Les sofas rouges qui n'en finissent pas de jurer avec les sofas mauves.

L'endroit est bondé. On nous attribue une table aux deux tiers occupés par une poignée de jeunes, sans doute suédois – mettons du Nord –, devant la piste. Le pub fait boîte aussi, comme *Le Don Camillo*, jadis, mais personne ne danse.

Aucun visage connu, bien sûr, aucun repère. Plonger dans le bain et sa mousse nécessite de sérieux efforts, une volonté de fer. Encore à boire.

Richard reste sobre, ce n'est pas surprenant, les Schweppes avancent vers lui pour fêter leur retour, Jean-Louis continue à la vodka, j'attaque le J&B sec.

« Vous n'avez jamais mal à la tête ? » nous lance Richard, impressionné par nos descentes.

Si. Mais pas seulement. L'alcool nous emmène parfois à bonne escale. *Le Don Camillo*, donc, le vieux cabaret des années 70 : personne n'est mort ni disparu. Encore un verre et chacun ressuscite. Annick allume Richard sur la piste, ils dansent tous les deux au rythme lent du *Je t'aime, moi non plus* de Gainsbourg. La scène devient rapidement obscène.

Leur représentation terminée, tous les

artistes du programme, du chanteur Serge Lama au ventriloque Fred Robby, de Peggy aux Frères Ennemis, improvisent une ronde autour des danseurs.

Le spectacle est dans la salle.

Au bar, Roger Pierre et Gérard Séty, collègues de la nuit et de coulisses d'André Gaillard et de Teddy, célèbrent au champagne leur changement de statut. Fini le cabaret! Après les *Espions* de Clouzot, Séty enchaîne avec Pialat qui vient de lui offrir le rôle du docteur Gachet dans son *Van Gogh*. Roger Pierre, lui, achève en studio, à Billancourt, le tournage d'un Resnais, *Mon oncle d'Amérique*, dont il partage la vedette, à égalité de caractères sur l'affiche, avec Gérard Depardieu.

Ni André ni Teddy n'auront rencontré une telle aubaine. Est-ce uniquement une question de chance?

Mauvais gagnants, Roger Pierre et Séty narguent les Frères et les humilient :

« Vous avez fait quoi, vous, au cinéma? Deux pauvres films avec Jean Yanne! »

Je dois intervenir, les séparer pour éviter

une bagarre, je dois remplir les prochains verres, obtenir des excuses de Séty puis de Roger Pierre aux Frères Ennemis enragés. Effacer la vérité qui blesse.

Sur la piste, Richard et Annick se serrent de plus en plus fort. Sous une enceinte, j'aperçois Marie-Noëlle Redon, un nouveau-né dans les bras, un bébé de deux mois environ, qui ne ressemble à aucun enfant du carrefour Motte-Piquet.

— C'est à toi qu'il ressemble, me certifie Jean-Louis, occupé à dégrafer le soutien-gorge de la petite Jeanmaire. C'est ton gosse, après tout!

Angélique n'a pas grandi. Ses seins ont poussé par contre comme ses cheveux, toujours blonds, qui descendent en dégradé jusqu'au creux de ses reins. Elle aide Jean-Louis à ôter son chemisier, sa jupe et ne porte bientôt plus qu'un string pâle qu'elle ne se résout pas à quitter.

Elle invite Jean-Louis à venir le retirer lui-même mais avec ses dents, sa langue. Une pelle d'en bas pour Angélique et le string va céder.

Irina Vanel, la Canadienne russe, surgit à son tour, plus loin, plus tard, concentrée sur la confection d'un énorme joint qu'elle roule sans précaution sous les yeux de Michel Polnareff.

L'herbe se répand, partout, par terre, sous les sofas colorés. Mais Polnareff ne s'en soucie pas. Il cherche en vain sa fiancée grecque de Mykonos, Georgina : il vient de lui consacrer une chanson qui ne passe pas assez souvent sur les ondes.

Georgina introuvable, le chanteur rejoint la table de Lucien Morisse, son directeur artistique. Et se fâche et se plaint d'être si mal défendu. Que sont devenus les accords avec RTL et Europe 1 ?

Lucien Morisse, impuissant, se contente de soupirer : « Peut-être a-t-on perdu la main, mon petit Michel ? »

Morisse s'avoue dépassé, déboussolé. Il regrette d'avoir récemment éconduit la mère d'un jeune prodige de douze ans qu'il aurait mieux fait de signer, un certain Hermann. A quoi ça tient ? Hermann s'est envolé, maintenant.

C'est vrai, où est-il? Où est Richard? La vision de ces fantômes, tous solubles dans l'alcool, a diminué notre attention. Richard s'est bien levé à un moment. Jean-Louis s'en souvient comme moi. Encore une envie de pisser, s'est-on dit. Et nous l'avons oublié, et nous l'avons perdu.

La piste est déserte à présent, *Le Liverpool* désemplit peu à peu. Demeurent des piliers, quelques Anglais, pratiquement aucune fille.

Nous menons notre enquête auprès du barman, du videur, de la vestiaire. Pas de Richard. Ça ne leur dit rien. Ne l'ont pas vu. Ni son imper blanc ni ses lunettes d'écaille.

Nous rallumons nos portables en sortant. Pas de message. Le téléphone de Richard est constamment débranché, il s'en vante. Son numéro est resté à l'étude dans l'agenda de Jean-Louis.

— On a qu'à aller aux flics, décide notre ami notaire. On leur explique la situation, les problèmes de Richard.

Mais quels sont ces problèmes? De quelle

nature? De quelle origine? Jean-Louis ne possède pas plus de réponse que moi. Aucune explication rationnelle. Des hypothèses. Qu'en est-il exactement de Criss, aujourd'hui, son fils aîné? Qu'en est-il de Basile? En bonne voie, nous promet-on. Au sujet de l'un, au sujet de l'autre.

Autant y croire.

Le vieux numéro de la rue Daubigny me revient en mémoire : Laborde 29 etc. Est-il encore attribué? Malcom aurait très bien pu récupérer la ligne pour éviter de perdre des clients en route, augmenter les inscriptions.

« On ne va pas appeler Malcom à cette heure-ci, proteste Jean-Louis, tu es complètement fou! »

Non, pas fou, je suis ma propre logique. Sur le chemin de la gendarmerie, je pense ainsi à Hélios, la plage de nudistes que nous fréquentions en Grèce. Seul Jean-Louis s'y baignait avec un groupe de Français, Mafalda, André et Arlette Maizel, les petites coiffeuses.

Nous préférions, Richard et moi,

conserver nos maillots et nos t-shirts pour mieux les considérer.

Georgina ne se baignait pas non plus. Enveloppée dans un paréo transparent, elle sirotait un ouzo à l'ombre du bar de la plage quand nous l'avions abordée. Nous nous étions présentés comme des admirateurs de Michel. Georgina avait manifestement l'habitude de subir les assauts des fans du chanteur, elle s'exprimait dans un français très convenable : « Apprenez, mes enfants, que je suis la seule femme que Polnareff a aimée, aime et aimera, nous avait-elle déclaré avant de nous chasser comme des mouches. Laissez-moi me reposer maintenant. Devinez comme je suis lasse et comme tout cela m'ennuie. »

Jean-Louis, pendant ce temps-là, remplissait son carnet de rendez-vous : un goûter chez les Maizel à Paris dès la mi-août, un dîner à Sceaux chez Mafalda à la rentrée de septembre.

Le petit monde d'Hélios discutait tout nu au soleil, des heures et des jours durant, jusqu'à la fin des vacances.

Loin de Mykonos, à Paris, nous avions dû choisir. Renoncer aux Maizel et accepter l'invitation de Mafalda, plus excentrique.

Nous ignorions alors qu'elle était la mère du fantaisiste Michel Leeb et que ma fille Ninon deviendrait vingt ans plus tard la meilleure amie de sa petite-fille.

A table, au cours du long repas, on avait évoqué la saison littéraire. Un proviseur de lycée misait sur les chances d'un brillant professeur de son établissement, Max Gallo, qui s'apprêtait à publier son premier roman, *Le Cortège des vainqueurs*.

Qui sont les vainqueurs ?

Au dessert, Mafalda s'était enfin étonnée de l'absence de Richard : « Et celui qui chantait sur la plage, du matin au soir, tout habillé, vous ne l'avez pas amené ? C'est dommage... »

L'arrivée du jeune homme de la maison, un autre Michel, me dispensa de réponse. Il se destinait à une carrière d'avocat international et le voilà vedette à *L'Olympia*.

Comment Richard ou ma mère Peggy,

comment un Frère Ennemi pourraient-ils avaler ça ?

Nous n'avons jamais atteint la gendarmerie. L'alarme de la Mercedes s'est déclenchée au bon moment. Richard nous attendait à la voiture. Trop de musique au *Liverpool*, trop de fumée pour ses yeux qui lui piquent encore, trop de fourmis dans les jambes.

S'impatientant, il a tenté de forcer la serrure. Le cri strident de la Mercedes ne l'a pas effrayé.

— Tu poussais le même, me rappelle-t-il, dès qu'un grand t'emmerdait dans la cour. M'en voulez pas ?

On a eu peur mais on ne lui en veut pas.

« J'ai bossé, moi, triomphe-t-il et il lève son pouce en signe de victoire. J'ai trouvé l'hôtel. »

D'après Richard, il n'y en a qu'un seul possible.

— C'est un Mercure, ça ne vous gêne pas, vous n'avez rien contre les Mercure ?

Non.

A cause des sens interdits, nous devons effectuer un grand détour pour gagner le parking de l'hôtel. Le Cohiba de Jean-Louis se consume lentement, à feu doux.

Jean-Louis n'est pas pressé, seulement plus curieux et insistant que d'ordinaire.

— Et ton ex-femme?

— Tu veux dire... la mienne?

Richard semble stupéfait, ahuri que la question lui parvienne.

— La tienne, évidemment, les autres on les connaît, continue Jean-Louis. Pourquoi on n'en parle jamais de Nicole? Remarque, tu peux refuser, c'est ton droit. Elle est jolie?

— Oui, très belle.

— C'est déjà une chance, se satisfait Jean-Louis en donnant des petits coups sur le volant. N'empêche qu'on a divorcé tous les trois, belles ou pas belles, s'exclame-t-il en tirant mécaniquement sur son cigare. Sans se concerter, sans faire exprès. On aurait dû échanger nous aussi, comme dans

White and White, épouser chacun la femme de l'autre. La mienne, je vous la recommande au pieu, c'était une affaire splendide...

Jean-Louis ne comprend plus trop ce qu'il dit.

Richard s'est penché vers moi, a réussi pour une fois à contenir son rire : « Complètement cuit, le notaire ! »

Richard a raison. A la réception du Mercure, Jean-Louis sort le grand jeu : veut payer les trois chambres d'avance, exige la vue sur le port – l'hôtel lui tourne le dos –, réclame enfin des occasionnelles.

— Des putes, si vous préférez, précise-t-il au veilleur de nuit. Pas forcément des canons mais de la chaude...

A Richard et moi de nous excuser et d'accompagner Jean-Louis dans sa chambre sans plus d'éclats.

« Il faut dormir, maintenant. Demain le ferry... » lui susurre-t-on dans le creux de l'oreille.

En refermant la porte, Richard a l'air d'en douter :

— Tu penses vraiment qu'on va aller en Angleterre?

Je ne sais pas. Je n'ai même pas de J&B dans mon minibar. Soit ils ont oublié de disposer les mignonnettes, soit ils ne vendent pas de whisky.

Comme à Mykonos mais abruti cette fois par la vodka et les somnifères, Jean-Louis ronfle déjà, je tiens le pari.

Que fait Richard? Et la jeune femme qui s'endort tard? Elle ne s'est pas manifestée. Quinze messages de ma part sans un seul de la sienne. Peut-être est-ce mieux comme ça, plus tranquille.

Elle est si jeune, guère plus âgée que Ninon, ma propre fille. Quatre garçons et une fille, *unique*. Je pense soudain à elle, à nos déjeuners de petit couple, à nos vacances d'hiver à deux au Club Méditerranée et aux grands discours que je lui infligeais.

Son existence même, notre relation modèle m'interdiraient de regarder à l'avenir les trop jeunes femmes. « Tu n'en sais rien, me répondait ma fille d'un air malicieux. Attends d'être plus vieux. »

J'ai attendu.

Je songe à sa chute de cheval à Sainte-Lucie, sous mes yeux, le premier matin des vacances. Ninon, par crainte de me choquer, s'était relevée aussitôt pour remonter courageusement en selle.

Je songe à nos après-midi de pluie à Opio, dans le Sud, passés à jouer aux cartes. Et à la détresse de ma fille au départ d'Agadir, sanglotant à l'idée de se séparer de sa GO, Kahdija. J'ai eu beau lui jurer qu'elle finirait par la retrouver, Ninon n'est pas stupide : « Je sais très bien que je ne la reverrai jamais, je pleure justement pour ça. »

Je reverrai la jeune femme, je l'entendrai bientôt. J'exauce un vœu en éteignant à nouveau le portable. Mon portable éteint, je laisse une chance. Et la lumière allumée avant de quitter la chambre.

J'emprunte le corridor et me dirige droit chez Richard. Frappe deux coups très faibles à sa porte. C'est suffisant, comment Richard dormirait-il? Il m'ouvre tout de suite, m'accueille naturellement, « entre... entre... » me dit-il. Je suis déjà entré : le poste de télé mural est branché sur la une. « C'est une rediff. » Une émission de variétés. Richard prétend que ça le détend et le distrait.

Je vérifie machinalement le contenu de son minibar. Pas de J&B non plus.

— C'est tous les mêmes, tu sais, observe Richard, la même télé, les mêmes chambres. J'aime les Mercure pour ça, moi. Pas de jaloux!

Il s'est posé sur le lit d'une place et demie et moi en face sur l'unique fauteuil des lieux.

« Toutes les mêmes, je t'assure. Pareil pour les nanas! »

Richard est passé directement des chambres aux filles, sans effectuer aucune transition ni même s'en apercevoir. « Annick, Nicole, les coiffeuses... Tout pareil! T'es heureux, toi, maintenant? »

Il veut savoir pour de bon. Autant ne pas tricher : je lui parle de la jeune femme, de mes tourments et ça ne lui plaît pas. Il me considère d'un air sévère :

— Tu ne peux pas t'arrêter, toi, me corrige-t-il.

Mais je n'ai encore rien fait avec la jeune femme.

— Prénom ?

— Appelons-la E, c'est plus commode.

— E comme Élodie, applaudit Richard en se tordant de rire. Toi avec Élodie, tu imagines.

Oui, ce serait même assez payant, bien troublant. Une belle chute, dirait-on. Je tente un compromis, lui propose sans audace le E d'Eloise et le voilà en délire sur le seul tube de Barry Ryan. Il me chante *a cappella* un bon tiers de la chanson en mimant l'orchestre. Pour le stopper, je lance un quiz :

— Version française ?

— Cloclo 1968. Le roi Claude dans toute sa splendeur.

68. Richard me propose de défiler avec lui pour de Gaulle sur les Champs-Élysées. Cette fois, tout le monde est d'accord :

nous sommes un million d'après les organisateurs, un million selon les forces de police.

Moins nombreux onze mois plus tard quand Richard me traîne place Saint-Ferdinand à la permanence du candidat Georges Pompidou à l'élection présidentielle.

Les militants s'étonnent de voir deux si jeunes garçons se passionner tant pour l'issue du scrutin que pour leur champion.

Il s'agit de rendre service, récupérer au siège de l'UDR une centaine d'affiches, les coller après la classe. « Rive gauche souhaitée, nous précise-t-on, il y a encore des voix à prendre. »

On colle une heure. J'arrête en persuadant Richard que Pompidou est l'assassin de Markovic. « Tu as raison, me dit-il en arrêtant aussi. Ce type est trop gros pour être complètement honnête. Tu sais qu'il passe à table quatre fois par jour ? »

En 69, nous avons quinze ans, Richard et moi. Ni l'âge ni le droit de vote. Cet

Cinquante ans passés

épisode nous aura détournés à jamais de la vie politique.

Au cinéma, il faudrait envisager une bande originale très musclée. On mélange les succès de Richard aux titres qui correspondent le mieux à chaque situation de la soirée et de la nuit. De notre vie : *Popcorn* pour l'été grec, les *Élucubrations* d'Antoine au parc de Saint-Cloud, *Ruby Tuesday* des Stones, *Venus* pour le lycée, un Lennon sans Yoko, deux Polnareff c'est obligé et *Good Vibrations*, bien sûr, la version de Brian Wilson solo, trente-sept ans après la première.

Les droits coûteraient une fortune à la production.

Je recense, à voix haute, le nombre de films qui traitent du sujet tant rebattu des retrouvailles, *The Big Chill*, *Nos meilleures années*, *Peter's Friends*, *Les Copains d'abord*, *Nous nous sommes tant aimés*, *Ceux qui m'aiment prendront le train*. Certains ont bien vieilli, d'autres moins.

— C'est comme nous, s'amuse Richard avant de rectifier. *Les Copains d'abord* est le

96

titre français de *The Big Chill*. Par contre, tu as oublié *Mes meilleurs copains* de Jean-Marie Poiré.

Je le félicite et lui annonce que, si l'on tirait un vrai scénario de notre embardée, le script démarrerait par le mariage de l'un de nous avec la fille de l'autre. Il y a inévitablement une cérémonie au début de ce genre de film, même dans le *Georgia* d'Arthur Penn si ma mémoire est bonne.

— Et c'est moi, par exemple, qui épouserais Élodie.

— Comme ça, je te tue à la fin, s'esclaffe Richard.

— Oui, d'accord. Tu me tues à la fin et c'est Jean-Louis qui t'arrête.

— Il n'est pas flic, Jean-Louis.

— Dans l'histoire, il sera flic. Forcément. Notaire, c'est un peu homme de loi, mais moins cinématographique.

— C'est con, le cinéma, conclut Richard.

Il s'est assombri. Doit connaître la suite.

Nous pratiquons Jean-Louis depuis assez longtemps, il ne se réveillera pas avant midi.

— Avec ce que je lui ai filé... Tu as pris les tiens ?

Je lui avoue que non.

— Moi non plus, me dit Richard. Deux calmants mais zéro somnifère.

Il s'est levé, d'un bond. Arpente la pièce de long en large, elle n'est pas grande, c'est vite lassant. Il retire ses chaussures, sa montre, tente de démêler ses cheveux. Un thème nouveau l'obsède, qu'il n'ose pas aborder. Il semble reculer puis se lance :

— Qu'est-ce qu'il a eu, le fils de Jean-Louis ?

— Tu es au courant ?

Il paraît très au courant. Je ne peux ni développer ni compléter, la discrétion de Jean-Louis commande.

— Enfin, tu as connu d'autres galères, ajoute Richard comme s'il évoquait un problème d'ordre domestique. Je veux dire avec le tien. En plus, il est tout petit, le tien.

Comment sait-il ?

— Par ta mère. Qui d'autre m'en aurait parlé ?

Il me révèle que Peggy l'informe

régulièrement des progrès de Basile. Qu'elle est allée jusqu'à consulter un psy pour essayer de comprendre. De nous aider. De ne pas peser.

Le psy l'a renvoyée chez elle, ne l'a pas jugée très réceptive. Ni intelligente. Pas assez en tout cas pour mériter les rendez-vous, bloquer autant de séances. Le psy a baissé les bras. Peggy ne jouait pas le jeu, lui mentait. Sur son âge, le mien, celui de Basile.

— Quand elle te raconte ça, tu es plié en deux, affirme Richard que je crois sur parole. Et ton fils, ça va ?

— Oui, beaucoup mieux.

J'ai dû articuler sans joie une formule de ce genre et Richard :

— Moi aussi, figure-toi. De vous avoir revus, d'être là avec toi dans cette piaule au lieu d'être enfermé chez moi, ça m'éclaire. Je suis incapable de vivre avec quelqu'un mais ça ne veut pas dire que je préfère tout seul, admet Richard.

Il imagine qu'on se reverra. S'en délecte à l'avance. Nourrit des projets de dîner à plusieurs dans l'immeuble de Nicole et de ma mère. Il appuie massivement sur cette notion de plaisir, d'un ton très convaincu. Mais ne me convainc pas.

Comme les plus compétents quand ils émettent parfois un pronostic optimiste au sujet de mon fils Basile.

Les fenêtres du Mercure me font le même effet. On aimerait les ouvrir mais elles résistent. Impossible de distinguer la baie, le port d'en face, la douane marine. Est-ce le brouillard? La buée sur la vitre? La vue imprenable sur le parking?

Avec un peu de fantaisie, en fermant les yeux peut-être, on aperçoit une barque au loin qui vogue sur les flots. Une barque de pêcheur.

A son bord, Richard, valeureux capitaine, protège deux garçons : un grand de vingt ans, Criss, un petit de deux, Basile. On les sent bien décidés tous les trois à atteindre coûte que coûte leur destination, les côtes anglaises.

Ils ne sont pas tendus, demeurent confiants durant la traversée. Quitter la terre ferme, c'est échapper aux traitements, aux médecins, à la prise en charge.

Richard a tout prévu : biberons et boîtes de thon, couches et lingettes, Coca et cigarettes, du pain Harry's aussi, du brun. Il a vérifié les dates de fraîcheur de chaque aliment, des briques de lait, du pot de Nutella, des Blédichef, du jambon blanc emballé sous vide.

Le poste de télé miniature fait magnétoscope. « C'est un combi », apprend Christophe aux deux autres qui ignoraient ce terme.

Il fonctionne sans piles ni secteur. Quand Basile aura fini de regarder ses dessins animés, Criss aura droit à son Cassavetes, Christophe est cinéphile.

Richard, lui, ne doit pas se laisser perturber. Il est seul à ramer. Sans guide ni boussole. Par chance, la mer est calme, elle ne lui jouera aucun mauvais tour. On dirait une mer du Sud, presque chaude, un bain d'huile.

Basile s'est endormi sur les genoux de Criss qui caresse ses cheveux bouclés, le berce. Richard, attendri, se trouble, s'en émeut et, comme le vent se lève, il dévisage Christophe, le fixe intensément :

— Tu crois qu'on va y arriver, mon grand ?

Criss lui répond par un geste évasif qui ne signifie rien de très concret, rien de trop solide.

On n'est pas allés en Angleterre.

Jean-Louis s'est réveillé bien avant midi, pourtant. A onze heures, la Mercedes dépassait Compiègne dans le bon sens, le sens Paris. Plus de musique. On n'a pas trouvé le moyen de se dire grand-chose.

Jean-Louis concentré sur la route, Richard à l'arrière somnolant pendant tout le trajet, j'en ai profité pour écouter et réécouter cent fois le premier message de la jeune femme.

Elle a téléphoné à l'aube, s'est déclarée touchée par la fréquence de mes appels. Elle ne se sent ni poursuivie ni harcelée.

Ça lui convient.

Avant de raccrocher, elle murmure : « Ah ! oui, à propos de vos caresses, vous signaler que ça commence, mon poignet gauche est déjà jaloux de mon poignet droit. »

Ça me convient aussi.

C'est l'heure du repas. Nous déposons Richard, en premier, rue Nicolo, en face de chez lui, devant un restaurant russe en congé, c'est dimanche : « Vous ne voulez pas monter ? insiste Richard. On commande des pizzas et je vous invite à déjeuner... »

On a refusé.

On l'a regardé pianoter doucement le code d'accès de son immeuble, la ceinture de son imper toujours archi-nouée.

Il s'est retourné, nous a adressé un signe enfantin de la main comme à des jeunes parents qu'on abandonne sur un quai de gare avant de prendre son premier train.

On a failli pleurer, on aurait pu, mais le sac Fnac, qui pendait toujours au bout de son bras, nous a arraché un sourire.

N° d'édition : 14412. — N° d'impression : 061792/1.
Dépôt légal : août 2006.

Imprimé en France

ISBN 2-246-71101-0

Achevé d'imprimer sur les presses de

BUSSIÈRE

GROUPE CPI

à Saint-Amand-Montrond (Cher)
pour le compte des Éditions Grasset
en juin 2006